Tucholsky Wagner Zola Scott Sydow Freud Schlegel
Turgenev Fonatne Wallace
Twain Walther von der Vogelweide Fouqué Friedrich II. von Preußen
Weber Freiligrath Frey
Fechner Fichte Weiße Rose von Fallersleben Kant Ernst Frommel
Richthofen
Engels Fielding Hölderlin
Fehrs Faber Flaubert Eichendorff Tacitus Dumas
Maximilian I. von Habsburg Fock Eliasberg Zweig Ebner Eschenbach
Feuerbach Ewald Eliot Vergil
Goethe London
Mendelssohn Balzac Shakespeare Elisabeth von Österreich Ganghofer
Lichtenberg Rathenau Dostojewski
Trackl Stevenson Doyle Gjellerup
Mommsen Tolstoi Hambruch
Thoma Lenz Hanrieder Droste-Hülshoff
von Arnim Hägele Humboldt
Dach Verne Hauff
Karrillon Reuter Rousseau Hagen Hauptmann Gautier
Garschin
Defoe Baudelaire
Damaschke Hebbel
Descartes Hegel Kussmaul Herder
Wolfram von Eschenbach Dickens Schopenhauer
Darwin Grimm Jerome Rilke George
Bronner Melville Bebel Proust
Campe Horváth Aristoteles Federer
Bismarck Vigny Barlach Voltaire Herodot
Gengenbach Heine
Storm Casanova Tersteegen Grillparzer Georgy
Chamberlain Lessing Langbein Gilm Gryphius
Brentano Lafontaine
Strachwitz Claudius Schiller Kralik Iffland Sokrates
Katharina II. von Rußland Bellamy Schilling
Gerstäcker Raabe Gibbon Tschechow
Löns Hesse Hoffmann Gogol Wilde Gleim Vulpius
Luther Heym Hofmannsthal Morgenstern
Roth Klee Hölty Goedicke
Luxemburg Heyse Klopstock Homer Kleist
La Roche Puschkin Horaz Mörike Musil
Machiavelli Kierkegaard Kraft Kraus
Navarra Aurel Musset Moltke
Nestroy Marie de France Lamprecht Kind Kirchhoff Hugo
Laotse Ipsen Liebknecht
Nietzsche Nansen Ringelnatz
Marx Lassalle Gorki Klett Leibniz
von Ossietzky May Lawrence Irving
vom Stein Knigge
Petalozzi Platon Michelangelo Kafka
Sachs Pückler Kock
Poe Liebermann Korolenko
de Sade Praetorius Mistral Zetkin

Der Verlag tredition aus Hamburg veröffentlicht in der Reihe **TREDITION CLASSICS** Werke aus mehr als zwei Jahrtausenden. Diese waren zu einem Großteil vergriffen oder nur noch antiquarisch erhältlich.

Symbolfigur für **TREDITION CLASSICS** ist Johannes Gutenberg (1400 — 1468), der Erfinder des Buchdrucks mit Metalllettern und der Druckerpresse.

Mit der Buchreihe **TREDITION CLASSICS** verfolgt tredition das Ziel, tausende Klassiker der Weltliteratur verschiedener Sprachen wieder als gedruckte Bücher aufzulegen – und das weltweit!

Die Buchreihe dient zur Bewahrung der Literatur und Förderung der Kultur. Sie trägt so dazu bei, dass viele tausend Werke nicht in Vergessenheit geraten.

Eekenhof

Theodor Storm

Impressum

Autor: Theodor Storm
Umschlagkonzept: toepferschumann, Berlin

Verlag: tredition GmbH, Hamburg
ISBN: 978-3-8424-7094-1
Printed in Germany

Theodor Storm

Eekenhof

Es klingt wie eine Sage, und man könnte es fast für eine solche halten; an mehreren Orten soll es geschehen sein, und die Poeten haben hie und da einen Fetzen davon abgerissen, um ihn, jeder nach seiner Weise, zu verwenden. Dennoch möchte ich eine abgelegene Wiese unserer engeren Heimat, auf welcher die deutlich erkennbare Vertiefung eines jetzt verschütteten Ringgrabens und einige halb zersplitterte Eichenriesen am Rande derselben die Stätte eines einstigen Herrensitzes anzeigen, für den Schauplatz halten, auf welchem diese Schatten der Erinnerung einst in lebendiger Gestalt vorübergingen. Nicht etwa, weil es dort vor Jahren noch in selten ausführlicher Überlieferung erzählt wurde; aber es ist nachweisbar von Geschlecht zu Geschlecht bis in die Gegenwart heraufgeklommen, und wenn wir die Stufen wieder abwärtssteigen, so treffen wir auf den ersten Erzähler, dessen Name in dem noch erhaltenen Kirchenbuche verzeichnet steht, der nicht nur die Uhr des alten Herrenhauses in seinem Dorfe noch hat schlagen hören, wenn just die Luft nach dieser Richtung wehte, sondern der im Vorbeigehen auch noch den alten menschenscheuen Herrn in einsamer Mittagszeit unter einer der großen Eichen sitzen sah, den greisen Kopf unbeweglich nach dem in jähem Verfall begriffenen Gebäude hingewandt. Bei stillem Wetter, wenn etwa die Augustsonne recht heiß vom Himmel brannte, hat man es hören können, wie drinnen der Kalk herabgerieselt, wie es im Gebälk gekracht oder gar, wer mag wissen was, mit dumpfem Fall herabgestürzt ist.

Jetzt ist alles längst verschwunden; aber auf den verstaubten Trümmern eines hölzernen Epitaphiums, welche in meiner Jugend auf dem Boden der dortigen Dorfkirche lagen, war noch das Bild des alten Herrenhauses sichtbar, wie es sich einstöckig mit hohem, fast fensterlosen Unterbau innerhalb des Ringgrabens erhoben hat. Nach der Struktur der beiden Zackengiebel zu urteilen, mußte es im sechzehnten Jahrhundert erbaut sein; die gegen Morgen belegenen Fenster des oberen Stockwerks schienen in ihrer Zusammenstellung anzudeuten, daß sich dort, wie in den meisten derzeitigen Landsitzen des Adels, zunächst der Stiege die kleinere Winter- und daran in gleicher Lage die geräumige Sommerstube oder, wie man gern zu sagen pflegte, der Rittersaal befunden hatte.

Und so stimmt es auch mit jener bis auf uns gekommenen Erzählung: aus dieser ist sogar noch weiterhin zu schließen, daß man aus dem Saal in einige gegen Abend belegenene Kammern habe eintreten und durch diese wieder auf den oberen Flur habe hinausgelangen können. Der Saal selbst aber, welcher die Bildnisse aus dem mütterlichen Geschlechte des letzten, in seiner Jugend verschollenen Eigentümers soll enthalten haben, spielt noch heute in der Phantasie des Volkes eine Rolle; noch jetzt weiß man von dem Bilde eines jungen blonden Obristers im Reiterkoller aus der Zeit der Grafenfehde, über dessen blasses Antlitz eine blutrote Narbe hingelaufen, und neben diesem von einer stolzen schwarzäugigen Dame mit Reiherfedern auf dem Schlapphute und einem Stieglitz auf der Hand. Das verbundene Geschick dieses Paares soll für das des ganzen Geschlechtes vorbestimmend gewesen sein; aber die Sage über sie ist verschollen und jählings wieder stumm geworden, sobald die Seele sich von ihrem Leib gelöset habe. Neben der Tür aber, welche in eine der westlichen Kammern führte, hing ein anderes Frauenbild, an welches unsere Erzählung ihre Fäden anknüpft.

Wenn außerdem die Überlieferung von einem Walde wissen will, an dessen Rande einst das Haus gelegen habe, so gab auch hievon jenes Epitaphienbild eine Andeutung; denn zur Linken außerhalb des Ringgrabens zeigte sich ein Hecktor, hinter dem sich ein Weg in Bäumen zu verlieren schien.

In der zweiten Hälfte des siebzehnten Jahrhunderts, um die Zeit, da Herzog Christian Albrecht und der dänische König gemeinschaftlich das Land regierten, ist es gewesen, als dieser Hof – im Volksmunde, wie noch jetzt der Platz, wo einst das Haus gestanden, »Eekenhof« genannt – durch Heirat in den Besitz eines Herrn Hennicke kam, der vordem als Hofjunker unter des Herzogs Leuten lebte. Er ist ein jüngerer Sohn gewesen und soll von seinen Knabenjahren an das Majoratsgut seines Hauses nur mit Neid und Haß in seines ältesten Bruders Hand gesehen haben; denn Habgier und Verschwendung haben in seinem Herzen sich gestritten. Zum Glücke aber gab es auch schon derzeit jenes zweite Mittel, um mühelos, wie durch Geburt, zu Hab und Gütern zu gelangen; und es ist auch zweimal glücklich von ihm angewandt worden, so daß späterhin die Rede ging, Herr Hennicke lebe von seinen beiden Weibern, der lebenden und der toten.

Die erste, die er freite, war ein scheues Kind vom Lande; sie hatte weder Eltern noch nahe Blutsfreunde; aber das Herrenhaus zwischen den alten Eichen war ihr freies Eigen; dazu der Wald und drunter das Kirchdorf mit den Strohdächern der Pachtbauern und der Hörigen. Nicht aus Lust hatte sie nach ihres Vaters Tode sich in die Stadt begeben; auch war die Base, der Herzogin Hoffräulein, die sie in ihr Haus geladen hatte, ihr viel zu mutwillig; aber ihrem Vater, der sehr jung gestorben war, hatte sie geloben müssen, nach seinem Abscheiden für die Sommerstube ihr Bildnis von des Herzogs Maler Jurian Ovens fertigen zu lassen. »Das gehört noch an die leere Stelle«, hatte er gesagt; »dann kann der Schlüssel abgezogen werden, wir sind dann alle wie in einer Gruft beisammen.«

Die düsteren Worte hatten sie erschreckt, und sie hätte sich wohl lieber um eine andere Ursach malen lassen; aber des Vaters Wille mußte doch geschehen.

Und das Bildnis wurde wie sie selber. Das Hoffräulein mochte ihr noch so oft das Kinn emporheben und lachend zu ihr sagen: »Du sollst nur wissen, was für besondere Schönheit an dir ist!« – die blauen Augen wußten nichts von dieser Schönheit und blickten nach wie vor, als bäten sie nur um Schutz in ihrer Einsamkeit.

Daß sie als Braut nach ihrem stillen Herrenhaus zurückkehren sollte, hat sie wohl nicht gedacht; auch soll die muntere Base oft nachher gesprochen haben, sie habe den schwarzen Henne wohl gerne nicht genommen; sie hab nur nicht gewagt, ihm nein zu sagen, und da sie einmal ja gesagt, so sei sie viel zu gut und lang nicht klug genug gewesen, ihm wieder nein zu sagen.

Als Herr Hennicke zu seiner Hochzeit über die Ziehbrücke in den Eekenhof einritt, war droben an der Wand des Saales, wo das Fest bereitet stand, die leere Stelle ausgefüllt, und die Gäste sahen mit Verwunderung bald auf die stille, in lichtes Gewand gekleidete Braut in ihrer Mitte, bald auf ihr Bild, das, ganz ihr gleichend, ein blühend Myrthenzweiglein in der Hand, aus dunklem Rahmen von der Wand herniederblickte und die Bilderreihe des zu Ende gehenden Geschlechts beschloß.

Unter den Hochzeitsgästen ist von der Sippschaft der Braut nur die Base aus der Stadt gesehen worden; die Freundschaft des Bräutigams sind stolze herrische Männer gewesen, und Herr Hennicke hat mit ihnen getrunken und sich wenig um die Braut gekümmert.

Als der Tag vorüber und dann alle, mit ihnen auch die lustige Base, den Eekenhof verlassen hatten, ist die junge Frau in Einsamkeit zurückgeblieben; denn ihr Eheherr, wenn er nicht zu Gelag und Spiel bei seinen Nachbarn war, hatte draußen genug zu tun, um, wie er sagte, ein richtig Regiment zu schaffen; die Pachtbauern sollten ganz anders jetzt den Säckel ziehen, der Schweiß der Hörigen ganz anders noch den Acker düngen. Den Vogt und das Gesinde sah er sich mit scharfen Augen an; die alten Diener, deren Knochen ihm nicht stark genug erschienen, hieß er gehen. Seines Weibes Fürbitte, wenn sie sich je und je hervorwagte, hat er mit hartem Wort zurückgeschreckt, daß sie im scheuem Aufblick stumm geworden ist; und bald hat sie gezittert, wenn draußen auf der Treppe nur sein Schritt erscholl. Mitunter, wenn sie aus ihrer Wirtschaft über die Brücke hinausgegangen war, sei es, um drüben unter den Eichen ein Weilchen auf der kleinen Bank zu ruhen oder seitwärts durch das Hecktor ein paar Schritte in den Wald zu schlendern, dann ist es wie ein Traum auf sie gekommen, als sei vor Zeiten – und wenn sie nachgesonnen, gar noch nach ihres Vaters Tode – hier große heitere Gesellschaft um sie her gewesen, die diese Orte nun für alle Zeiten verlassen habe, und doch hat sie gewußt, es sei auch damals so einsam hier wie jetzt gewesen, und grübelnd ist sie in das stille Haus zurückgegangen.

Dennoch, nachdem Zeit verlaufen war, ist es gekommen, daß bei einem Gelage in der Nachbarschaft die Gäste auf die Ankunft des erwarteten Erben haben trinken wollen. Als aber ein alter Herr gemeint, man solle zunächst des jungen Weibes denken, daß sie die schwere Stunde glücklich überstehe, ist eine Gegenrede laut geworden: »Was Weib! ein Weib ist ein zerbrechlich Ding! Stoßt an, wir wollen auf den Buben trinken.«

Und als Herr Hennicke hierauf nur träg sein Glas erhoben, hat ihm ein anderer lachend zugerufen: »Du sinnst wohl, Hennicke, wenn du dein Weib mit einem Buben tauschen müßtest, wie lang du auf dem Hofe noch den Herrn zu spielen hättest? Ich will dir rechnen helfen; mit einundzwanzig Jahren sind die Junker mündig!«

Der halb trunkene Gast mochte nicht weit vom Ziel getroffen haben; denn Herr Hennicke hat ihn drohend angesehen: »Schweig, Wulf! Ruf den Tod dir in dein eigen Haus!« Dann hat er im vollen Haufen angestoßen, daß das Glas zersprungen und der Wein verschüttet ist.

Danach aber, wenn er je zuweilen das bleicher werdende Antlitz seines Weibes gesehen hat, sind jene Worte ihm allzeit wieder vor den Ohren und die weinroten Augen des, der sie gesprochen, vor dem innern Blick gewesen.

– – Und die schwülen Spätsommermonde sind gekommen. – Und, da ihre schwere Stunde näher rückte, hat das junge Weib die Nachmittage in dem Rittersaal verbracht; denn hier in dem weiten Raume, dessen Fenster dann im Schatten lagen, war es frisch und kühl. Schon als Mädchen hatte sie gern mit ihrer Arbeit hier gesessen; jetzt nähte sie eifrig an der kleinen Aussteuer für die Wiege, die voll schwellender Kissen schon daneben in der Kammer stand; und wenn ein Käppchen oder ein Hemdlein auch nur zur Hälfte fertig war, dann hielt sie's vor sich hin und betrachtete es, halb in Entzücken, halb in dunklem Grauen. Früher und noch bis vor kurzem war die Schaffnerin, die alte Maike, ihr zur Gesellschaft da gewesen, aber auch diese hatte Herr Hennicke verabschiedet, weil sie, so sagte er, zu alt in der Herberge geworden sei; in Wahrheit, weil sie der stummen Klage in seines Weibes Auge unterweilen ihren fertigen und dreisten Mund geliehen hatte. Daher ist jetzt nur die stille Gesellschaft der Bilder ihrer Vorfahren um die junge Frau gewesen; aber fast von allen wußte sie, sei es, was ihr Leben einst erfüllt oder was, oft jählings, aus demselben sie hinaus getrieben hatte. Einst hatte die alte Maike ihr das erzählt; jetzt war ihr, wenn sie auf die einen oder andern blickte, als erzählten es die toten Bilder selber, daß ihres Lebens Lust und Jammer nicht vergessen werde. Und von dem milden Antlitz ihres Vaters gingen ihre Blicke stets nach jener fernsten Ecke, wo in dem Schatten der Fensterwand des jungen bleichen Obristers Bildnis hing; von diesem weiter zu der stolzen

Dame mit der Reiherfeder, die jetzt mit ihren dunklen Augen in das Leere schaute. Dann schrak sie wohl zusammen und ließ die kleine Arbeit aus den Händen fallen; denn ihr war gewesen, als hübe auf der Dame Hand der Stieglitz seine Flügel, als ob er plötzlich seinen Sang beginnen wolle. Aber wenn sie mit aufgerissenen Augen horchte, so war es totenstill im Saale.

Auch einmal, da in der steigenden Dämmerung es immer einsamer um sie geworden war, als auch draußen das Rauschen in den Eichen aufgehört hatte und ihr die müden Hände in den Schoß gesunken waren, ist es über sie gekommen, als wäre in dem leeren Saal nun auch sie selber nicht da, sondern statt ihrer nur noch ihr Bildnis, das mit den anderen in den stillen Raum hinabgehe. Sie hat versucht, die Arme oder den Fuß zu strecken, aber sie hat es nicht vermocht; ihr ist gewesen, als sei sie nun für immer leblos in den dunkeln Rahmen des Bildes festgebannt. Das finstere Wort des Vaters hat vor ihr gestanden; doch als es jählings sie durchfuhr, daß dies den Tod bedeuten möge, da hat die Mutterangst aus ihr geschrien: »Mein Kind, mein Kind! Was soll aus meinem Kinde werden!« Und mit gelösten Gliedern ist sie aufgesprungen und in dem fast dunkeln Saal umher gewandert; als sie aber an ihrem eignem Bild vorüber gekommen, hat sie geschaudert und ist dann eilig in die Kammer nebenan geflohen, allwo sie mit der teueren Bürde unter ihrem Herzen an der Wiege hingesunken ist.

Herr Hennicke hat dies nie erfahren; aber sein junges Weib hat es in ihrer letzten Not ihrem alten Seelsorger, dem Pastor drunten aus dem Dorfe, anvertraut; von diesem ist es auf seinen Nachfolger Albertus Petri übertragen worden, welcher vor seinem Dienstantritt als Informator in Herrn Hennickes Hause lebte und später der erste Erzähler dieser Geschicht wurde.

Und als die Zeit erfüllt war, sind nach schwerer Angst die Kammerwände von der matten Stimme eines Knäbleins angeschrieen worden; die Mutter selber aber hat am dritten Tage ein Schlaf befallen, aus welchem die Seele nicht mehr Kraft gehabt hat, sich emporzuringen. Und wieder danach am dritten Tage, da eben durch die kleinen Scheiben das letzte Sonnengold hereinleuchtete, ist draußen aus der Abendstille ein süßer Vogelgesang erschollen, obwohl die Zeit des Singens längst vorüber war und schon der Herbst die Blätter von den Bäumen riß. Die Kranke aber ist aus ihrem Fieber aufgefahren und hat mit Wehelaut gerufen: »Der Stieglitz! Maike, ach, der Stieglitz singt!« Und als im selben Augenblick Herr Hennicke mit hartem Schritt hereintrat, ist er in jähem Schrecken an der Schwelle festgehalten worden und hat mit vorgestrecktem Halse horchend dagestanden.

Da war es, als ob der Vogelsang sich nebenan im Bildersaal verliere; dann ward es völlig still, und auch die Wöchnerin sank stumm in ihre Kissen; doch als Herr Hennicke herzutrat, lag nur noch seines Weibes Leiche vor ihm.

Als bald danach die Wehmutter, welche im Hause verblieben war, das weiße Linnen über der Toten Antlitz deckte, stand der Witwer an der Wiege und starrte schweigend auf das schwache Wesen, das dort in den Kissen um die Lebensluft zu ringen schien. Da trat das Weib auf leisen Sohlen zu ihm: »Betet zu Gott, Herr Hennicke!« sprach sie; »aber getröstet Euch nicht, daß Euch das Kind behalten bleibe!«

Er fuhr zusammen und wandte rasch den Kopf. Das Weib erschrak fast, als er sie mit seinen schwarzen Augen ansah. »Das Kind? Was meinst du?« rief er. »Daß auch das Kind noch sterben sollte?«

Die Alte wurde fast verwirrt; er sprach so laut; doch weder Schreck noch Kummer war in seiner Stimme. »Das liegt in Christi Händen«, sagte sie; »aber saht Ihr's denn nicht? Es steht ein Lächeln um der Leiche Mund; so liegen nur, die bald ihr Liebstes nach sich ziehen.«

Sie trat zurück, um von der Toten Angesicht das Linnen abzudecken; aber Herr Hennicke packte raschen Griffes ihren Arm. »Geschwätz«, stieß er mit heiserem Laut hervor, »wenn du nichts anderes zu berichten weißt!«

»Laßt mich, Herr Hennicke!« sagte die alte Frau. »Ihr seid ein großer Herr; aber der Toten Angesichter versteh ich besser doch als Ihr! Harret eine Viertelstunde hier an Eures Kindes Wiege, so werdet Ihr die Gichter kommen sehen.«

Und Herr Hennicke blieb und sah die Gichter in dem kleinen Antlitz zucken. Dann schritt er aus der Kammer und durch den Saal; aber er sah nicht auf, wo seines Weibes Bildnis hing. Eilends stieg er in den Hof hinab, und bald saß er zu Pferde, und, seine großen Hunde neben sich, ritt er über die Brücke in die schon dunkelnde Nacht hinaus. Er ritt auf dem engen Wege um den Wald herum, quer über die Felder um das ganze Gutsgebiet; seine Blicke streiften über das dämmernde Land mit einer Sicherheit, wie sie es nie getan. Der Erbe dieses Grundbesitzes lag sterbend in der Wiege; er aber war der Vater und der Erbe dieses Erben! Er stieß seinem Pferde die Sporen in die Weichen, daß es bäumend in die Luft stieg: aber er zwang es nieder auf die Vorderfüße, seine Faust war kräftiger als je. »Vorwärts! Wir traben bald auf eigenem Grund und Boden!« Seine Brust hob sich; mit Mühe bändigte er ein Jauchzen, das fast die stille Nacht erschüttert hätte. Als er zu Hause von dem schäumenden Rappen stieg, kam ihm die Bauerndirne, die als Kindesmagd war gemietet worden, mit Geheul entgegen: das Kind lag abermals in seinen Gichtern.

Am andern Morgen kam der Arzt, und am folgenden Tage kam er wieder; und während er an der Wiege des Kindes war, ging Herr Hennicke in atemlosem Wandern in der Winterstube auf und ab; aber die Waage stand immer noch zwischen Tod und Leben. Als am dritten Tage der Doktor zu ihm ins Gemach trat, streckte er Herrn Hennicke die Hand entgegen und sprach mit heiteren Augen: »Die edle Tote hat Euch ein teueres Pfand gelassen; Gott hat geholfen, Euer Kind wird leben!«

Seit jenem Augenblicke haßte Herr Hennicke den alten Arzt; noch mehr aber seinen eigenen Sohn.

Das Wesen des Mannes wurde seit dem Tode der sanften Frau noch finsterer und gewaltsamer. Wenn die Hörigen säumig waren oder die Pachtbauern mit ihrem Zinse oder den Mast- und Schweingeldern im Rückstand blieben, ließ er die einen in den Block legen oder peitschen, für die andern suchte er alte, längst vergessene Strafen aus dem Staube der Archive. Freilich, der Gelder konnte er nicht entraten; denn er liebte Weiber und Gelage und war auf Wochen oftmals in der Stadt, im fröhlichen Verkehre mit des Herzogs Leuten; und wenn auch noch auf zwei Jahrzehnte der Gutsertrag in seine Kasse floß, er war noch jung, und die Mündigkeit des Kindes traf noch in seine besten Mannesjahre. Wenn der Geburtstag seines Sohnes sich jährte, es war ihm nur ein Merkmal der ihm drohenden Verarmung. Überdies war schwere Zeit damals in den siebenziger Jahren des vorletzten Jahrhunderts; Kriegs- und andere Lasten drückten, und der mitregierende König achtete weder des Volkes noch der Stände Rechte. Es half Herrn Hennicke nicht viel, daß er jeden Anlaß nahm, um Bauernfeld in Hoffeld umzuwandeln; es wurde not, nach einer zweiten Erbtochter mit freiem Eigen auszuschauen; vielleicht in einer Zeit, wo er weniger als je dazu den Antrieb spürte.

Allein es wollte nicht so glücken wie das erste Mal. Auf mehreren Herrensitzen hatte er schon angeklopft; aber die Töchter waren meistens aus der andern Tür gegangen, wenn er zur einen eingetreten war. Die niedrige Stirn des Mannes unter dem schwarzen, kurzgeschorenen Kraushaar wollte ihnen nicht gefallen; sie sahen lieber auf ihre Vettern und Freunde, welche schon die zierliche, von Herrn Hennicke stets verschmähte französische Perücke auf ihren jungen Köpfen trugen; auch munkelte es stark, daß trotz des Freierganges der schwarze Mann von einer niederen Leidenschaft gehalten sei und, gleich dem Bauern, nur das Gut freien gehe.

So kam es endlich, daß er zu einem lang gemiedenen saueren Weg sich rüstete.

Hinter dem Walde von Eekenhof, von dessen Herrenhaus nur eine halbe Stunde fern, saß eine Erbtochter ganz allein auf ihrem nicht gar großen, aber schuldenfreien Hofe. Sie war ein Waisenkind von etlichen dreißig Jahren, eine herbe wirtschaftliche Jungfrau, deren farbloses Antlitz mit dem glatt gescheitelten Flachshaar stets so sauber gehalten war wie die tannenen Fußböden ihrer Zimmer, von denen die Bauern sagten, daß man den Braten von den Dielen essen könne. Vor etwa zehn Jahren war die Meinung aufgekommen, ein armer Vetter werde bei der wohlhäbigen Base sich ein sicheres Nest erwerben; aber es war nicht dazu gekommen, und einem neugierigen Frager hatte mit verschmitztem Lächeln der junge Fant erwidert: »Wenn sie nur Brauen auf dem Schädelbogen hätte! Ich fürchte mich vor ihren nackten Augen!«

Seit jener Zeit hatte die Jungfrau an ihrer Aussteuer nur noch emsiger gesponnen als je zuvor. Des Tages über saß sie allein an ihrem Rade und spähte unterweilen aus ihren kleinen Augen auf die vorbeiführende Heerstraße, ob nicht zu Roß oder zu Wagen ein Freier angefahren komme; am Abend, zumal im Winter, wenn die Wirtschaftsarbeit abgetan war, schnurrten auch die Räder der leibeigenen Mägde um sie her, und war die Herrin zum Schlaf in ihre Kammer gegangen, so mußten die Dirnen stundenlang noch in der kalten Stube weiterspinnen; klagten sie am andern Morgen, daß sie mit den steifen Fingern den dicken Wocken, den sie ihnen zur Nacht noch aufzustecken pflegte, nicht völlig hätten zwingen können, so wickelte sie den Flachs um ihre Finger und sengte ihnen denselben daran ab. Sie soll dabei gesagt haben: »Nun wird's wohl heiß genug sein für die ganze Woche!«

Da eines Morgens, als sie von ihrem Spinnrade in den grauen Regentag hinausäugte, kam ein Reiter mit zwei großen Hunden dem Tore ihres Hofes zugetrabt. Ihre dünnen Lippen verzogen sich zum Lächeln; denn es war Hennicke, den sie seit seiner Frauen Hingang schon jeden Tag erwartet hatte. Sie lächelte sogar noch, wenn auch ein wenig säuerlich, als mit Herrn Hennicke seine Hunde sich ins Zimmer drängten und ihre schmutzigen Tatzen auf die weißen Dielen setzten.

Herr Hennicke sah weder ihr süßes noch ihr saures Lächeln; bald aber ließ er sich von ihr treppauf, treppab im Hause umherführen; sie schloß ihm, einen nach dem andern, die schweren Eichenschränke auf und wies ihm prunkend die aufgespeicherten Gespinste; und da nun Land und Sand sich selber lobte, so lobte der Freier auch die Schätze in den Schränken. Die Dirnen aus der Küche aber schlichen ihnen nach, kicherten und guckten um die Ecken und hatten es bald heraus, daß hier ein Liebeswerk im besten Gange sei.

Nur eine Bedingung, vielleicht um sicherer die Zügel zu behalten, knüpfte die Jungfer Bendikte an die Vergabung ihrer Hand: der Bräutigam sollte zu ihr auf ihren Erbhof ziehen; sie wollte nicht auf fremdem Boden wirten. – Und so kam es, daß das alte Haus des Eekenhofs verlassen wurde und nichts zurückblieb als droben in der großen Sommerstube ein paar verblichene Sessel und die Bilder der Verstorbenen.

Auch der Erbe des alten Hofes, der kleine Junker Detlev, störte die junge Ehe nicht. Bei seines Vaters Hochzeit war er noch im Dorfe drunten in Kost und Pflege einer Bäuerin; dann aber hatte die lustige Base den Knaben zu sich in die Stadt genommen; denn ein Gerücht hatte sich erhoben, daß auf dem Eekenhof das Bild der toten Frau in hellen Mondnächten aus dem Rahmen steige und ihr Kind durch alle leeren Kammern ihres Hauses suche. Seitdem es nun bei einer von den Ihren war, sollte das unruhige Wandern sich verloren haben.

Herr Hennicke lachte zwar, als er von einem Nachbarn darauf angesprochen wurde; der aber meinte, hinter seinen weißen Zähnen sei es dem Hennicke schon recht gewesen, daß sein Lager nicht noch unter dem alten Dache stehe und daß die Tote nun zufrieden schiene. Nicht unrecht mag es ihm auch gewesen sein, daß die wohlhabende Base den Knaben ohne Entgelt aufgenommen hatte; denn die Zeiten wurden immer knapper, von den Ständen wurde auf den Landtagen immer mehr gefordert, sogar die Kosten der auswärtigen Gesandtschaften waren ihnen letzthin aufgebürdet; im Hause aber ließ Frau Benedikte ihn zur Genüge darüber hören, daß er nicht zweimal in der Woche, was ihr doch selbst in ihrem Jungfrauenstande allzeit genug gewesen sei, bei Weißfisch und dünnem Bier mit ihr zu Mittag sitzen wollte.

Der Kindersegen dieser Ehe war schon im ersten und im zweiten Jahre eingetroffen und damit abgeschlossen worden. Es sind zwei untersetzte, kurzbeinige Buben gewesen; trotz des Vaters mit schier rotbrandigem Haar, wie auch nach einem schwarzen Juden mitunter wohl ein Rotkopf aufzustehen pflegt. Herr Hennicke hat sie seine beiden Füchse geheißen und an ihren Streichen seine Lust gehabt. Man erzählt, da sie noch klein gewesen, hat er auf ihr Begehr zwei handliche Schubkarren für sie fertigen lassen; die pflegten sie in einer nahen Sandgrube mit Kieselsteinen aufzufüllen; dann sind sie damit auf den Hof gezogen, wo auf dem Rasen vor dem Herrenhause sich ein Ring befand, in dem Herr Hennicke seine jungen Rosse an der Leine laufen ließ. In diesem Ringe haben sie mit ihren kurzen Beinen in unsagbarer Hurtigkeit ihre Schubkarren vor sich hergefahren und haben sich von hüben und drüben ihr »Hott!« und »Hü!« einander zugerufen, daß also ein Schall entstanden ist, als wenn von einem Haufen Menschen ein großes Werk betrieben würde. Wenn sie aber dessen müde geworden, so haben sie ihre Schubkarren hingestellt und, abermals unter mächtigem Lärmen, sich mit den Steinen nach den Köpfen geworfen, bis diese blutig und die Karren leer gewesen sind. – Ist über solchem Spiel Herr Hennicke auf den Platz gekommen, so hat er, je nach seiner Laune, entweder, die Hände unterm Wams, mit finsterem Angesicht dabeigestanden oder unter kurzem Lachen ein »Drauf, ihr Füchse, drauf!« den Buben zugerufen. Meistens aber ist aufs letzte Frau Benedikte aus dem Herrenhause über die Freitreppe hinabgeschritten; da sind die Buben, wenn sie selbige nur kaum aus ihren nackten Augen angesehen hat, wie in Erstarrung stehen geblieben; und während dann das Weib mit ihren mageren Händen mit jeder einen derselben an seinen rotbrandigen Haaren in das Haus hineinzog, hat Herr Hennicke sich abgewandt und ist zu Roß und Hund in seinen Stall gegangen.

– – Zwischen den Buben, oder lieber noch abseits von ihnen, ist mitunter auch ein Dirnlein umhergesprungen, dem ältesten von diesen im Alter etwa um ein halbes Jahr voraus, von schlankem, kräftigem Wuchs, mit schwarzem Kraushaar, darunter ein Paar milde blaue Augen. Sie hat nicht auf den Hof gehört, sondern mit ihrer Großmutter, der Witwe des früheren Försters, in dem Unterbau des Eekenhofs gewohnt; aber Herr Hennicke hat einen Narren an dem Mädchen gehabt; er hat auch damals, als die Mutter ihr im Kindbett weggestorben war, sie selber aus der Taufe gehoben, was ihm von Frau Benedikte, mit der er kurz zuvor den Ring gewechselt hatte, nicht eben liebreich aufgenommen war; denn die Kleine war ein Jungfernkind, ja, die Bauern und Hörigen wußten es an den

Fingern, daß sie dem Herrn noch näher als nur durch die Taufe angehöre; auch daß er statt seines hageren Ehekreuzes wohl gern die schöne Försterstochter heimgeführt hätte, wenn diese nur adeligen Standes oder zum mindesten adeligen Vermögens gewesen wäre. Vor Herrn Hennickes Ohren freilich wurde solch Gerede niemals laut; auch hätte es ihn weiter nicht gekümmert, als daß er etwa die Schwatzmäuler zu besserem Besinnen in den Block gelegt hätte. Mitunter, wenn ihn seine schwarzen Stunden plagten, konnte es geschehen, daß er plötzlich zu Pferde stieg und nach dem alten Haus hinüberjagte. »Heilwig! Heilwig!« rief er schon von weitem, wenn er die Kleine am Ringgraben oder auf der Schwelle des Tores spielen sah. Sie erschrak dann wohl und lief ins Haus; aber es half ihr nicht; mit dem Kinde vor sich auf dem Sattel kam er nach Frau Benediktes Hof zurück und hieß demselben für die Nacht die Kammer an der seinen rüsten.

Freilich die kleine Heilwig selber hatte keine Lust davon; Frau Benedikte gab ihr weder Blick noch Wort, und bei den Mahlzeiten, bei denen sie auf ihres Paten Geheiß an dessen Seite sitzen mußte, wurde ihr der Teller wie einem Hunde oder einer Katze zugeschoben. War Herr Hennicke kurz zuvor in der Stadt gewesen, so hatte er wohl einen Chinaapfel oder eine andere Leckerei auf ihren Platz gelegt; aber sie rührte sie nicht an, denn die beiden Füchse sahen mit so gierigen Augen darauf hin, daß sie den Bissen nicht einmal zu teilen wagte. Am meisten vielleicht fürchtete sie die ihr unverständliche, gewaltsame Zärtlichkeit des finsteren Mannes selber. Nicht selten, wenn morgens sie in ihrem Bett erwachte, sah sie die schwarzen Augen ihres Paten über sich; er sagte nichts, er strich ihr stumm die Löckchen von der Stirn oder drückte ihr verschlafenes Köpfchen zwischen seine beiden rauhen Hände; mitunter riß er sie vom Kissen auf an seine Brust, daß sie mit ihren nackten Ärmchen gleich einem Opfer in des Mannes Armen hing. Wenn er dann wieder plötzlich von ihr abließ und schweigend, wie er gekommen, zur Kammertür hinausgeschritten war, so lag sie auf ihr Kissen hingesunken und wagte sich nicht zu rühren, bis unten auf dem steinernen Hausgang sein harter Tritt verschollen war.

War sie dann aufgestanden und hatte unter Frau Benediktes Augen ihr Frühstücksbrot verzehrt, dann lief sie gern ins Freie, um der Liebe des einen und dem Haß der anderen zu entkommen; sei es in

den Garten hinterm Hause, wo freilich außer den Bohnen- und den
Wurzelbeeten nicht viel Liebliches zu sehen war, oder über den
weiten Hof auf die Heerstraße, um dort von einem Walle oder einem großen Steine aus sehnsüchtig nach der Richtung des hinter
dem Walde belegenen Eekenhofes hinzuschauen. Aber die untersetzten Buben rannten ihr, wo sie nur konnten, nach und plagten sie
auf alle Weise; sie hießen sie den »Kuckuck«, weil sie ihnen das
beste Futter nehme, und brachten sie, trotz tapferer Gegenwehr,
oftmals in bittere Tränen. »Ich will zu meiner Großmutter!« rief sie
dann wohl in ihrer Not; sie hätte das auch sonst wohl gerufen; aber
wenn ihres Paten Augen auf ihr lagen, dann waren ihr die Lippen
wie verschlossen.

Eines Nachmittages, da ein fremder Pferdezieher auf den Hof gekommen war, hatte Herr Hennicke ein kleines Nordlandspferdchen
eingehandelt; als aber die beiden Füchse, welche ihn schon lange
um ein solches Tier geplagt hatten, in lauten Jubel ausbrachen, er-
klärte er ihnen, daß sie dessen keine Ursach hätten: »den Pony habe
er für Heilwig eingekauft; für solche Buben, wie sie beide, seien die
Milchesel annoch die besten Rosse.« Bei diesen Worten hob er das
zitternde Mädchen, das dabei gestanden, gleich einem Vogel auf
den Rücken der kleinen Stute und führte diese behutsam auf dem
Hof umher; die beiden Füchse aber rannten heulend in das Haus,
um ihrer Mutter diese neue Unbill zu berichten.

Frau Benedikte schwieg; sie wagte, wo es das Mädchen galt, nicht
gern gegen ihren Eheherrn zu reden; nur ihre Wangen wurden etwas bleicher und ihre bläulichen Lippen etwas blasser, als sie oh-
nedies schon waren.

Die kleine Heilwig aber, als Herr Hennicke zu den Arbeitern auf
das Feld gegangen war, fürchtete sich, ins Haus zu gehen, obgleich
die Dämmerung stieg und kalte Herbstluft wehte. Sie schlich sich
frierend auf den Weg hinaus; bald schritt sie mutig fürbaß und
wollte drüben durch den dunklen Wald zur Großmutter nach dem
Eekenhof zurück, bald stand sie ratlos still und wickelte sich ihr
Schürzchen um die kalten Arme, bis sie am Ende, da eben überm
Herrenhaus der Mond heraufstieg, von kindischer Furcht ergriffen,
nach dem Hof zurücklief. Kaum aber war sie durch das Torhaus auf
den hellen Platz getreten, so sah sie plötzlich aus dem Schatten einer Scheune die beiden Buben auf sich zustürzen.

»Was wollt ihr!« rief sie erschreckt. »Was hab ich euch getan?«

Aber die Füchse packten sie bei den Armen und zerrten sie gegen
den steilen Rand einer Wassergrube, aus welcher bei kalten Nächten das heimkehrende Vieh getränkt zu werden pflegte.

»Laßt mich!« schrie das Kind. »Ich will das dumme Pferd nicht
haben; ich will nichts, gar nichts von euch und eurem Vater haben!«

Doch die beiden Füchse fuhren nur stumm und emsig in ihrer
gemeinschaftlichen Arbeit fort, und schon blinkte von unten das
Wasser in die entsetzten Kinderaugen, da plötzlich ließen sie mit
jammerndem Geschrei von ihrer Beute ab. Herr Hennicke, vom

Felde heimkehrend, einen derben Stock in seiner Faust, stand über ihnen. Aber auch Frau Benedikte war alsbald zur Stelle und frug, was denn die Kinder abermals verbrochen hätten.

Da schrie der Älteste, durch der Mutter Gegenwart ermutigt: »Der Kuckuck! Wir wollten nur den Kuckuck aus dem Neste schmeißen!«

Frau Benedikte stieß ein Lachen aus. »Die da?« rief sie. »Nicht wahr, Herr Hennicke, das ist kein Kuckuck? Ihr kraus Gefieder stammt von einem anderen Vogel; auch gäbest du gar gern wohl Weib und Kind, wenn du der Dirne Augen noch in einem andern Kopf erschauen könntest!« Sie streckte ihre hageren Finger nach dem Kinde, daß dieses sich erschrocken an ihres finsteren Paten Seite drängte.

Dieser aber hob die Kleine auf seinen Arm und wischte mit ihrem Schürzchen ihr die Tränen aus den Augen. »Wenn du das alles weißt, Frau Benedikte«, sprach er, »dann weißt du auch, weshalb der Vogel hier ins Nest gehört.«

Die Frau wollte ein hastig Wort erwidern; aber sie biß sich nur auf ihre bleichen Lippen, denn die Zornader lag dick auf ihres Mannes Stirn. So gingen die beiden schweigend mit einem Blick des Hasses auseinander: er mit dem schwarzen heimatlosen Vogel, sie mit den beiden roten Buben, die sich an ihre Röcke hingen.

Nach diesem, als die untersetzten Junker in die Länge schossen, ist ein armer candidatus reverendi ministerii als Informator in das Haus gekommen; denn da Herr Hennicke ihm die Nachfolge in den Dienst des greisen Pastors zu Eekenhof in Aussicht stellte, so ist er um ein Billiges zu haben gewesen. Aber noch in späten Jahren, da er selber als emeritus in der müßigen Geschwätzigkeit des Alters hier umher wanderte, hat er des kein Ende finden können, was diese Schüler ihm für Not geschaffen haben. Hatte er sie eben zur Arbeit an ihre Lektionen fortgeschickt, so fand er sie statt dessen draußen auf dem Hofe oder in der nahen Sandgrube heftig an einem unnützen Werke arbeitend; kam er dann auch noch so hurtig mit der Haselgerte, so saßen sie zu seinem unaussprechlichen Erstaunen rittlings auf dem Scheunendach und machten, gleich Eulenspiegel, unehrerbietige Gebärden.

In einem jetzt noch in dem Kirchenarchiv des Eekenhofer Pastorats vorhandenen Exemplare von Henrici Müllers »Liebeskuß« sieht man auf dem Titelbilde neben den pausbäckigen Engeln eine Anzahl kleiner ungefüger Säue mit Rötel hingezeichnet, und dazu in kleinen steilen Zügen die vergilbte Randschrift: »Von den Herrn Junkern Henno und Benno more solito hinzugefüget.«

Aber auch seine Freuden hat der Kandidat gehabt; denn wöchentlich an zweien Nachmittagen ist er auf Herrn Hennickes Anordnung nach dem Eekenhof hinübergewandert, um auch an Heilwig Lektionen zu erteilen. Wenn er hier in seinem abgeschabten Mäntelchen aus dem Eichenschatten dem Hause zugeschritten ist, dann hat er, vergnüglich seine Hände reibend, vor sich hingerufen: »O arboretum recreationis! Lustwäldlein, drin Erquickung weht!« Von der Treppe des Hauses ist ihm dann wohl ein Mädchen mit einem Büchlein in der Hand entgegen gelaufen; sie hat sich rasch die schwarzen Löckchen fortgestrichen, die ihr beim Lesen in die Stirn gefallen waren, dann aber, bevor der Unterricht begann, dem guten Informator die Klettenbüschel und etwa auch den Fuchsschwanz von wildem Sauerampfer abgenommen, was alles seine männlichen Scholaren ihm zum Abschied auf den Weg gegeben hatten.

Der Kandidat sollte noch einen vierten Schüler erhalten.

Von dem Junker Detlev, seit ihn als Kind die Base in die Stadt genommen hatte, war in seiner Heimat weder etwas gesehen noch gehört worden; ja, in Frau Benediktes Hause wußten die beiden Füchse kaum, daß noch ein älterer Bruder da sei. Jetzt aber wurde ihnen solches, und dazu noch, daß dieser nächstens auf dem Hofe eintreffen werde, mit einem Mal verkündet. Denn die freigebige Base in der Stadt war trotz ihrer Munterkeit von einem jähen Tode angesprochen worden, und da sich keine zweite fand, so war es, nach einem diesmal von Frau Benedikte und Herrn Hennicke gleichmäßig gelösten Rechenexempel, das Geratenste, den Buben heimzurufen und gleichfalls in des doch einmal vorhandenen Kandidaten Information zu geben.

– – Und eines Nachmittages im September, da auf Eekenhof die hohen Bäume im warmen Sonnengolde standen, ist von der Heerstraße ein blonder Knabe darauf zugewandert. Man hat ihn auf zwölf Jahre schätzen können; einen Schulranzen hat er auf dem Rücken und einen dicken Stab in seiner Hand gehabt. Als er auf die jetzt immer herabgelassene Zugbrücke getreten ist, hat er fester seinen Stab gefaßt, wie um den großen Hunden zu begegnen, welche derzeit aus den Herrensitzen mit Gebell den Ankommenden entgegen zu stürzen pflegten. Aber es ist dergleichen nichts geschehen; nur ein schwarzhaariges Dirnlein hat mit den Armen über das Brückengeländer gehangen und von einem Stücklein Brotes für die Fische drunten abgebröckelt.

»Wer bist du?« frug der Knabe, als sie jetzt den Kopf zu ihm herumwandte. »Wohnst du hier?«

»Das Haus steht leer«, sagte das Mädchen; »ich und meine Großmutter wohnen allein darin; wir halten auch die Uhr in Ordnung. Hörst du? Da schlägt es eben vier.«

Als die Uhr vom Hause ausgeschlagen hatte, frug der Knabe wieder: »Wer ist denn deine Großmutter?«

– »Mein Großvater war der Förster hier im Walde.«

»So?« sagte der Knabe. »Ich kenne euch nicht; aber ihr dürft hier schon noch wohnen bleiben, denn ich brauche das Haus noch lange nicht!«

Die Kleine hatte sich gerade vor ihm hingestellt. »Du!« rief sie. »Da werden wir dich wenig fragen; das Haus gehört Herrn Hennicke, der drüben hinter dem Walde wohnt.«

Aber der Bube ließ sich das nicht anfechten. »Herr Hennicke ist mein Vater«, sagte er; »aber das Haus ist mein, denn es ist meiner Mutter Haus gewesen.«

Als er so redete, ist von dem Hause her eine ältliche Frau zu ihnen getreten, deren Antlitz von verwundenem Leide zeugte, und auch davon, daß sie fremdem Willen sich zu beugen hatte lernen müssen. Eine Weile ließ sie ihre Augen auf dem Knaben ruhen; dann sprach sie: »Siehst du es denn nicht, Heilwig? Das ist der Junker Detlev! Ich kenne ihn nach seiner Mutter Angesicht; und alle Armen und Bedrückten werden ihn auch daran erkennen.«

Sie hatte dem Knaben ihre Hand gereicht, Heilwig aber sah ihn groß aus ihren blauen Augen an. »O Junker Detlev«, rief sie, »du siehst ganz anders aus als deine Brüder!«

»Ich kenne meine Brüder nicht«, sagte der Junker; »ich kenne euch hier alle nicht! Wenn meine gute Base nur noch lebte, so wäre ich erst gekommen, wenn ich mündig war; der Herzog hat mir auch versprochen, daß ich auf seiner neuen Universität studieren soll!«

»Aber«, sagte die Förstersfrau, »hat denn Herr Hennicke Euch kein Roß zum Reiten in die Stadt geschickt?«

»Ich gehe lieber«, entgegnete er kurz, »als daß ich auf Frau Benediktes Pferden reite!«

– »Und wißt Ihr denn auch, daß Ihr an der jetzigen Wohnung Eures Vaters vorbei gewandert seid?«

Der Knabe nickte. »Das weiß ich wohl; ich will erst meiner Mutter Bildnis sehen, bevor ich nach dem fremden Hause komme!«

»Mit Gott, Junker Detlev!« sprach die Alte, indem sie einen Schlüssel von ihrem Gürtel löste; »Heilwig mag Euch die Sommerstube aufschließen, indessen ich Euch einen Imbiß unter Eurer Mutter Dach besorge!«

Das war der Junker wohl zufrieden; und während dann die Alte in der düsteren Küche zu hantieren anfing, stiegen die Kinder miteinander in das Oberhaus hinauf.

– – Als spät mit Dunkelwerden der Junker Detlev auf Frau Benediktes Hof kam, haben die beiden Füchse schon am Tor auf ihn gelauert und ihn mit Lärmen in das Haus gezogen; er sollte ihnen gegen den dummen Informator beistehen und ihnen den Kuckuck aus dem Neste schmeißen helfen! Frau Benedikte, da er bei seiner Abendschüssel gesessen, hat das feine Tuch seines Wamses mit ihren mageren Fingern ausgeprüft und ihm gesagt, das passe hier nicht auf dem Lande; auch werde sie schon morgen ihm die blonden Locken stutzen. Herr Hennicke aber ist auswärts bei einem Nachbar zum Gelag gewesen.

Gleichwie indes der Junker Detlev sich Frau Benediktes Schere zu erwehren verstand, so wurden auch die Hoffnungen der beiden Füchse nicht erfüllt. Sie wußten freilich nicht, daß Detlev mit dem »Kuckuck« vor seiner Mutter Bild gestanden hatte, und konnten deshalb nicht begreifen, warum er nicht ihre Kameradschaft der des dummen Mädchens vorzog, ja gleich dieser und zu des verhaßten Informators Freude emsig bei den Büchern saß.

Herr Hennicke selber ist seinem ältesten Sohne meistens aus dem Weg gegangen und hat weder in Schimpf noch Ernst zu ihm geredet. Nur wenn der Junker sich bisweilen seines mütterlichen Erbes annahm, sei es, daß er für einen armen Hörigen Fürspruch tat, oder daß er den sichtlichen Verfall des alten Hauses aufzuhalten wünschte, dann hat Herr Hennicke ihn drohend angeschaut und ihn mit hartem Wort zurückgewiesen; doch noch niemals, was die beiden Füchse sich mit Neid erzählten, hatte er eine Hand zum Schlage gegen ihn erhoben.

Auf dem Eekenhofe ist der Junker oft gesehen worden. An Winterabenden saßen er und Heilwig vor dem Ofenfeuer, und die spinnende Förstersfrau erzählte ihnen die Geschichten von den Bildern droben, soweit sie selber davon wußte. Im Sommer, zumal wenn draußen gar zu dumpfe Schwüle lagerte, gingen sie auch wohl nach dem kühlen Saal hinauf. Als einst die Schritte des Knaben gar zu hallend in dem stillen Raume tönten, legte Hedwig die Hand auf seinen Arm: »Du! du mußt leise gehen!«

– »Leise? Warum denn leise?«

»Ja, deine Mutter ist doch tot; und auch die andern, die hier abgebildet sind!«

Da tat er, wie sie sagte; und flüsternd gingen sie von einem Bild zum andern, bis vor dem Bilde von Detlevs Mutter ihr Gespräch verstummte.

An andern Tagen strichen sie miteinander durch den nahen Wald, und wenn der Durst sie überfiel, liefen sie zu einem Kätner, dessen kleines Heimwesen dicht am Waldesrand gelegen war. »Forthmann«, sagte dann wohl der Knabe, wenn er das Krüglein Milch aus dessen Hand an Heilwig reichte, »warte nur, du sollst zu deiner einen Kuh noch einmal zwei dazubekommen!« Und der arme Hörige antwortete: »Ja, ja, Herr Junker, Euer Großvater ist auch ein guter Mann gewesen.«

Mitunter redeten die Kinder gar ernsthaft miteinander; und einmal, da sie in einsamer Waldlichtung im Grase beisammen saßen, sagte Detlev: »Erzähl mir doch einmal von deinem Vater. Heilwig! Ist er denn niemals hier gewesen?«

Heilwig schüttelte den Kopf. »Ich weiß nicht«, sagte sie, »Großmutter spricht nicht gern von ihm; ich glaube, Detlev, er ist kein guter Mann gewesen; denn er hat meine Mutter verlassen, bevor ich noch geboren wurde, und sie ist dann darum gestorben.«

Der Knabe wurde nachdenklich; dann aber ergriff er die kleine Hand des Mädchens und flüsterte ihr zu: »Sag es zu keinem Menschen, Heilwig, auch nicht zum Informator; aber ich glaube, mein Vater ist auch kein guter Mann!«

Heilwig rührte sich nicht; und so saßen die Kinder in ihrer Einsamkeit noch lange schweigend Hand in Hand.

Ein paar Jahre waren dahingegangen; aber je höher die gegenseitige Anhänglichkeit der Kinder gestiegen war, desto tiefer hatte sich in Herrn Hennickes Brust der Groll gegen den Junker Detlev eingegraben, bei welchem jetzt allein sein Liebling vor der anderen Unbill Hülfe suchte. Und wenn er grübelnd den beiden Kindern nachschaute, so vermochte, trotz der Furcht vor dem Jähzorn ihres Eheherrn, Frau Benedikte sich kleiner Stachelreden nicht mehr völlig zu enthalten. »Was läufst du allzeit hinter dem flüggen Vogel!« sprach sie dann wohl, und es blitzte vergnüglich in ihren kleinen Augen; »sie hat doch den blonden Jungen lieber, so schwarz sie selber ist!« Oder ein andermal: »Es wird nicht anders, Hennicke; noch ein paar Jahre, so mußt du dir den Pastor suchen gehen, der das süße Pärchen trauen darf!«

Und eines Nachmittags nach solcher Aufreizung ist Herr Hennicke nach Eekenhof gekommen, wo in einer Waldkoppel die Leute im Heuen arbeiteten. Er ging aber nicht dahin, sondern trat in die Kammer der Förstersfrau, die hinter ihrem Rade saß.

»Wo ist Heilwig?« frug er.

»Sie ist um Erdbeeren mit dem Junker Detlev in den Wald gegangen.«

»Ihr solltet sie besser an Euch halten!« sprach er barsch.

Die Frau seufzte, und Herr Hennicke ging hinaus. Als er danach grollend und unschlüssig draußen über dem Hecktor des Waldes lehnte, vernahm er vor sich aus der Ferne das Lachen zweier junger Stimmen. Da rief er: »Heilwig! Detlev!« Aber es antwortete niemand; es wurde völlig still nach seinem Rufen. Dann, da er mit allen Sinnen horchte, kam auf seinen wiederholten Ruf noch einmal ein Geräusch; aber es war nur, wie wenn von Forteilenden die Büsche knickten.

Zornig ging er auf dem Waldwege fort, bis die Holzkoppel ihm zur Seite lag, wo unter dem Vogte die Leute in der Arbeit waren. Da hielt er an. »Vogt!« rief er, »hast du den Junker Detlev und die Heilwig hier gesehen?«

»Wohl, Herr!« Und er wies mit seinem Knüttel ein Stückchen aufwärts an den Waldesrand. »Sie sind dort nach des Forthmann Hause zu gelaufen. Soll ich sie holen, Herr?«

Herr Hennicke warf einen raschen Blick über die Schar der Arbeiter. »Wo ist der Forthmann?« frug er.

»Der ist erst morgen an der Reihe.«

Herr Hennicke hieß den Vogt zur Stelle bleiben; er selber aber schritt hastig über die Felder, bis er des Kätners Haus erreicht hatte. »Wo sind der Junker Detlev und die Heilwig?« frug er diesen, der eben einen Eimer Wassers aus seinem Brunnen aufgezogen hatte.

Der aber, als er das zornrote Antlitz seines Herrn erblickte, fürchtete, daß den Kindern ein Leids geschehen werde, und antwortete stockend: »Ich weiß nicht, Herr; sie sind nicht hier gewesen.«

»Du lügst, Forthmann!« rief Herr Hennicke.

»Nein, nein, Herr; ich weiß nichts von dem Junker!«

Herr Hennicke hieß den Mann ins Haus gehen und dort auf ihn warten. Er selber suchte draußen nach den Kindern; er stieß einen Haufen Reisig auseinander; er riß die Pforte des kleinen Innenhofes auf; aber er fand sie nicht. Endlich an einem Dornbusch sah er Heilwigs rotes Tüchlein flattern.

Als er damit in die Tür des Hauses trat, stand der Kätner an einem hellen Feuer, das im Hintergrund der Lehmdiele unter dem Kesselhaken lohte. Er rief ihn zu sich und zeigte ihm das Tüchlein. »Weißt du, Forthmann«, frug er, »wie mein Großvater seine freveligen Bauern strafte?«

Der Mann starrte ihn nur angstvoll an.

»Geh«, rief er, »und hol den Eimer Wasser, den du vorhin aus dem Brunnen zogst!«

Und als der Bauer mit dem vollen Eimer wieder in die Hütte trat, nahm Herr Hennicke ihm denselben aus der Hand und goß das Wasser in die Herdflamme, daß sie prasselnd in weißem Dampf erlosch.

Eine Weile blieb er stehen, bis die staubende Asche sich verflogen hatte; dann sprach er: »Dein Feuer ist tot; und wehe denen, die vor Wochenschluß es wieder anzuzünden wagen; sie sollte schwere Buße dafür treffen!«

Er wandte sich zum Gehen.

Da bekam der Hörige die Sprache wieder. »Herr, mein Weib ist krank; die Woche hat ja erst begonnen!«

Aber Herr Hennicke ging, während der Kätner wie in Betäubung beide Arme nach dem Fortschreitenden ausstreckte.

– – Am andern Morgen in der Frühe ritt Herr Hennicke wieder nach dem Eekenhof; er ritt durch das Hecktor in das Holz hinein. Als er an die Koppel kam, stand am Rande derselben der Vogt mit einer Peitsche in der Hand; denn er paßte auf einen Säumigen, dem er den Willkomm geben wollte.

»Gib's ihm doppelt auf den Mittag!« rief Herr Hennicke. »Jetzt komm mit mir; wir wollen nach dem kalten Herde sehen!« Und er erzählte, was gestern in des Kätners Forthmann Haus geschehen war.

»Herr«, sagte der Vogt, »es wird sich niemand dort die Faust verbrennen wollen!«

Herr Hennicke nickte. »Sie sollen aber wissen, daß sie nimmer sicher sind.« Er gab seinem schwarzen Gaul die Sporen, und der Vogt trabte nebenher.

Weiter oben am Rande des Gehölzes lag die Kate in der Morgensonne; nichts Lebendes war zu sehen als eine Katze, welche auf der Schwelle schlief.

»Ist Forthmann in der Arbeit?« frug Herr Hennicke seinen Vogt.

»Ja, Herr.«

»Und das Weib?«

»Sie kann nicht; sie liegt schon wieder mal an ihrem schweren Schaden.«

Plötzlich riß Herr Hennicke sein Roß zurück. »Was ist das, Vogt?« rief er und wies nach dem zerfallenen Strohdach, aus dessen First es bläulich in die Luft stieg.

»Das, Herr«, erwiderte der Mann und deckte sich die Augen vor den schrägen Sonnenstrahlen, »das ist Rauch, und wenn's nicht auf dem Boden brennt, so ist auch Feuer auf dem Herd.«

Herr Hennicke war rasch vom Gaul herunter. Als er die Lehmdiele der Hütte betrat, sah er wie gestern ein helles Feuer unter einem Topfe lodern. Auf der einen Seite des Herdes stand die kleine Tochter des Kätners in ihrem Lumpenkleidchen, auf der andern stand der Junker Detlev, der leuchtenden Auges in die Flammen blickte und dem Feuer eben eine frische Hand voll Reisig zuschob.

Erst als die Dirne einen Schrei ausstieß, sah er seinen Vater vor sich stehen. Er erschrak heftig; als aber dieser mit bebender Stimme frug: »Hast du dich unterstanden, dieses Feuer anzuzünden?« sprach er: »Ja, Herr Vater; aber das Weib des Kätners liegt in schwerem Siechtum und kann der warmen Speise nicht entraten.«

Herr Hennicke wies auf einen Eimer mit Wasser, der neben dem Herde stand. »Nimm!« sagte er, »und gieß das Feuer aus!«

Aber der Junker rührte sich nicht.

»Nimm! » schrie Herr Hennicke. »Oder glaubst du, daß du schon Herr auf diesem Boden bist?«

Da sprach der Junker: »Nein, Herr Vater; wohl bin ich hier der Herr, aber ich weiß auch, daß die Gewalt annoch in Eueren Händen liegt. Wenn sie einmal in meinen ist, so sollen's meiner Mutter Leute besser haben!«

Bei diesen Worten ist der Grimm des Mannes losgebrochen. »Gib ihm die Peitsche!« schrie er dem Vogte zu, der eben eingetreten war. »Gib ihm die Peitsche!« Als aber der Vogt vor solcher Anmutung zurückgewichen ist, hat er den Stock aus dessen Hand gerissen und den Junker in das Angesicht geschlagen, daß das Blut hervorgeschossen ist.

Keinen Laut hat dieser ausgestoßen; er ist ruhig stehen geblieben, bis sein Vater fortgeritten war. Aber nach Hause ist er nicht gekommen und auch später in dieser Gegend nicht mehr gesehen worden; nur auf dem Eekenhofe soll er desselbigen Abends noch gewesen sein.

Der Sommer ist dahingegangen, ohne daß Heilwig nach Frau Benediktes Hof gekommen wäre; als aber Herr Hennicke eines Morgens nach Eekenhof geritten kam, ist sie schreiend vor ihm davongelaufen. Danach hätten die beiden Füchse am liebsten selbst den Kuckuck in ihr Nest geholt, denn es ist böse Zeit für sie gekommen. Und immer seltsamer ist Herr Hennicke in seinem Zorn geworden, daß seine Nachbarn sprachen, der schwarze Henne gehe nun die Straße nach dem Narrenhaus; aber es ist nur seine eigenwillige und trotzige Seele gewesen, die den Geboten Gottes sich nicht hat fügen wollen.

Im Herbst desselben Jahres ist es gewesen, daß der Stier eines Bauern stößig wurde und Herrn Hennickes Lieblingshunde die Därme aus dem Leib gerissen hat, so daß das Tier daran verrecken mußte. Als ihm solches kund geworden, hat er zuerst dem Bauern an Leib und Leben wollen; dann aber ist er anderen Sinnes geworden; er hat den Bullen greifen lassen und ihn zum Hungertod verurteilt.

Vom Hofe aus führte eine Tür zu einem Gefängnis, für welches man in dem Unterbaue eines Treppentürmchens Platz gefunden hatte; statt der Strolche und Vaganten, denen sonst darin Quartier gegeben wurde, war jetzt der Stier dort in der leeren Zelle angekettet, zu der Herr Hennicke den Schlüssel in seiner eignen Tasche trug.

Als es aber in die zweite Nacht gekommen war, ist ein solches Toben von der hungernden Kreatur gewesen, daß im Hause niemand den Schlaf hat finden können als etwa die beiden Junker Henno und Benno, die sich nur schnarchend umgeworfen, wenn das Stampfen und Gebrüll zu dröhnend durch die Mauern fuhr. Frau Benedikte selbst in all ihrer Hagerkeit hat aufrecht in den Kissen wach gesessen; mit jedem Notruf des gefangenen Tieres hat sie mehr Grimm und Ungeduld hinabgeschluckt; dann aber ist sie jählings nach ihres Eheherrn Bette zugesprungen, und da sie in der mondhellen Kammer sah, daß auch Herr Hennicke mit aufgestütztem Arm und offenen Augen dalag, so hat sie alles nun mit einem Male wider ihn gespieen und verlangt, daß er den Bullen von der Kette löse. Er aber hat sich nicht gerührt und nur gesagt, sie solle ihre Kehle sparen, so werde sie es leichtlich noch dem Bullen abgewinnen.

Frau Benedikte hat nun nichts weiter richten können; als aber am Morgen der Bauer, dem der Stier zu eigen war, sie gar um Fürwort bei dem Herrn angegangen, da hat sie ihn voll Zornes angeschrien, er möge damit nach dem Eekenhof zur Bastarddirne laufen.

– – Am selben Nachmittage, als Herr Hennicke in der Gewehrkammer verdrossen seine Hakenbüchse putzte, trat zögernden Schrittes Heilwig zu ihm ein. Als er sie erblickte, schien sein schwarzes Auge licht zu werden; er streckte ihr die freie Hand entgegen, als wolle er nach einem Glücke greifen. Da sie dennoch scheu und schweigend an der Schwelle blieb, sprach er: »Weshalb kommst du nicht näher, Heilwig, da du doch gekommen bist?«

Da trat sie näher zu ihm hin. »Herr Pate«, sprach sie, doch so leise, daß er sein Ohr zu ihrem Munde neigen mußte: »Ich komme, ich wollte Euch um etwas bitten!«

Wie eine Freudenbotschaft hat das Wort dem finsteren Manne geklungen; er warf sein Jagdgewehr beiseite und ergriff die beiden Hände des Mädchens. »Bitte nur, Heilwig!« sagte er, sie heftig schüttelnd; »du hast mich nie gebeten, nun mach's gleich so, daß ich es fühlen kann!«

Doch als sie darauf sprach: »Herr Pate, so lasset doch den armen Stier am Leben!«, da fuhr er auf und schrie: »Wer hat dich hergeschickt? Du redest mit Frau Benediktes Zunge!« Dann wieder, da das Kind ob seiner Heftigkeit in Tränen ausbrach, hat er sie plötzlich auf den Arm gehoben und ist mit ihr die Treppe nach dem Hof hinabgestürmt. Erst vor der Zelle, aus der das dröhnende Gebrüll hervorbrach, ließ er sie zur Erde. Als aber die Bohlentür geöffnet war und Heilwig, von den blutroten Augen des rasenden Tiers erschreckt, entfliehen wollte, hielt er sie fest und hieß einem Hofjungen ein Bündel Heu herbeiholen, so groß er es mit beiden Armen fassen könne. »Nun, Heilwig«, rief Herr Hennicke, als jetzt der Stier den duftigen Haufen stampfend und schnaubend mit dem rauchenden Maul durchwühlte; »da hast du deinen Willen, nun aber sollst du für dich selber bitten!«

Das jetzt zwölfjährige Mädchen, das nur mit Widerstreben festgehalten wurde, zuckte bei diesem Wort erschreckt zusammen; dann aber hob sie sich auf den Zehen zu dem großen Mann empor, und ihre blauen Augen glänzten plötzlich, nicht wie eines Kindes, sondern wie die Augen eines Weibes.

»Sprich!« sagte er erwartungsvoll.

Da sprach sie, aber es klang fast mehr wie zornig als wie bittend: »Herr Pate, so sollet Ihr den Junker Detlev wiederkommen lassen!«

Herr Hennicke zuckte jäher noch zusammen als vorhin Heilwig; er antwortete nicht, er ließ nur die Hand des Mädchens fahren. Und so standen beide wortlos nebeneinander, bis das erneuete Gebrüll des Tieres kundgab, daß auch das vorgeworfene Futter seinen Hunger noch nicht gestillt habe.

– – Als es Winter wurde, kam eine Rede über den Junker Detlev, er sei von Lübeck aus mit einem Spanienfahrer als Schiffsjunge in die weite Welt gegangen; zugleich erhob sich das Gerücht, im Rittersaale auf Eekenhof steige wiederum das Bild aus seinem Rahmen, in hellen Nächten zeige sich die tote Frau am Fenster und schaue aus nach dem Verstoßenen.

Als das zu Herrn Hennickes Ohren drang, ergrimmte er heftig und verschwor sich, er wolle dem verfluchten Spuk ein Ende machen. Mit blankem Jagdmesser, so heißt es, habe er vor dem Bilde gestanden, um es zu zerstören; aber die stillen Augen hätten ihn angeschaut, daß sein zum Stoße schon erhobener Arm herabgesunken sei.

Nach diesem ist der Saal von keinem mehr betreten worden; wie einst der Letzte des Geschlechts es ausgesprochen hatte, die Bilder der Abgeschiedenen sind jetzt alle wie in einer Gruft beisammen gewesen. Nur wenn in Mondnächten sich die weite Himmelsferne öffnete, zumal wenn im Äquinoktium die Stürme tobten, soll jene nächtliche Erscheinung sich noch oftmals wiederholt haben.

Die beiden Bewohnerinnen von Eekenhof hatten nichts davon gesehen; nur einmal, da sie nachts in ihrer Schlafkammer, welche unter dem Saale lag, vom Sturm erwachten, haben sie über sich ein Rauschen wie von Frauengewändern hören können, und haben dann für den Junker Detlev und für die tote Frau ein still Gebet gesprochen.

Manches Jahr war dahingegangen; längst war der Informator in das statt Ehrensoldes ihm verheißene Pfarramt eingetreten; in dem Hause auf Eekenhof wohnte eine halb blinde Greisin mit einer frisch erblühten Jungfrau, deren wehendes Kraushaar jetzt in schweren Flechten gefesselt lag. Nur zum Kirchgange an Sonn- und Feiertagen oder wenn ihr Pate sie zu sich kommen hieß, und auch dann nur für kurze Stunden, verließ Heilwig die Großmutter und den einsamen Bezirk des Hofes. Doch wenn der Tag sich neigte, zumal im Frühjahr, wenn vom Norden her die Vogelschwärme zogen, schritt sie manchmal über die Landstraße nach einem jenseits gelegenen Heidehügel und spähte in die Ferne, bis das Abendgold verglommen war. Mitunter, am Sonntagabend, kam der junge Pastor die Straße herauf gewandert; dann lief sie ihm entgegen, und sie gingen Hand in Hand über die Brücke und nach dem Hause zu der blinden Großmutter.

Im Dorfe hieß es eine Zeitlang, der junge Pastor freie um das schwarze Mädchen auf Eekenhof. Allein sie irrten; er war es nicht, nach welchem das Mädchen in die Nacht hinaussah.

– – Drüben in der Stadt, in einer Maienwoche, war wieder einmal Landgericht gehalten worden; sechs königliche Trompeter und ein herzoglicher Heerpauker, durch die Straßen reitend, hatten es verkündigt; und von allen Seiten war man herbeigekommen, sei es, um alten Streit zu schlichten oder um neue Rechte zu begründen.

Auch Herr Hennicke war dort gewesen. Schon zuvor hatte er durch Zeugen dargetan, daß sein jetzt mündiger Sohn aus erster Ehe vor nunmehr fast zehn Jahren auf einem Lübischen Kauffahrer nach dem Mittelmeer das Land verlassen habe und daß von Schiff und Mannschaft später keine Kunde laut geworden sei; nun hatte er es so gut wie unter Brief und Siegel, daß der Junker Detlev als ein Verschollener durch Spruch des Landgerichts für tot erklärt und somit der Eekenhof des Vaters Erb und Eigen werde.

Aber noch ein anderes wollte Herr Hennicke in der Stadt betreiben. Etwas war doch auf Erden, woran seine Seele hing; nicht etwa seine anderen Söhne, die beiden Füchse, welche jetzt schon gleich dem Vogte zwischen den Leibeigenen die Peitsche führten; es war noch immer das Kind mit dem schwarzen Haar, gleich seinem, und mit jenen Augen, aus denen ein längst verblichenes Antlitz wider ihn zu klagen schien. War es auch zur schlanken Jungfer aufgewachsen, das alte Spiel war geblieben: noch immer floh sie ihren wilden Paten, und noch immer dürstete ihn nach einem trauten Wort aus ihrem Munde. Nun aber – und Herr Hennicke, der auf der Heimreise war, ließ bei dem Gedanken seinen Gaul in Sprüngen tanzen – nun sollte sie ihm bald nicht mehr entrinnen können! Frau Benediktes Zunge war in den letzten Jahren immer schärfer und spitziger geworden; das Schlüsselbund zu Kammer und Keller hielt sie so fest in ihren mageren Fingern, daß selbst Herr Hennicke es ihr nicht zu entreißen wagte; aber auch ihre Backenknochen traten spitz hervor, der Strom ihrer Rede wurde oft durch dumpfes Hüsteln unterbrochen, und es schien unvermeidlich, daß zum nächsten Frühjahr nur noch ein gespenstiger Nachhall ihres wirtschaftlichen Waltens auf Trepp' und Gängen das Gesinde schrecken werde. Herr Hennicke aber sah daraus das Kräutlein »Hoffnung« grünen; er wollte dann das Kind, das einzige, das ihm im Sinne lag, nach Recht und Ordnung zu dem seinen machen; mit ihr allein wollte er dann auf seinem neuen Eigen hausen, und später sollte sie seine Erbin sein; die beiden Füchse mochten sich auf ihrem mütterlichen Gute nähren. Schon jetzt hatte er wegen des erforderlichen Gnadenbriefes bei des Herzogs Kanzler vorgefragt und auch hierüber, wie er meinte, für den eintretenden Fall einen guten Zuspruch mitbekommen.

Auf halbem Wege war Herr Hennicke bei einem Nachbar zum zweiten Morgenimbiß eingekehrt. »Was bringst du, Henne?« frug ihn dieser; »dein schwarzes Antlitz leuchtet wie die gute Zeit!« und dabei schenkte er ihm von neuem in das weite Glas. Herr Hennicke trank; aber er war nicht der Mann, seine Gedanken beim Weine zu verraten. Er wollte freilich plaudern, aber anderswo.

Fröhlich nickend schwang er sich in den Sattel; und immer schneller ging der Ritt, vorüber an Frau Benediktes Haus, dann auf der Straße fort nach Eekenhof. Als er an die schmale Holzbrücke kam, scheute das Pferd und wollte nicht mehr vorwärts; aber der Reiter drückte ihm die scharfen Sporen in die Weichen, daß es mit donnerndem Hufschlag hinüberflog; oben aus den Eichenwipfeln fuhr krächzend eine Schar von schwarzen Krähen, die seit Junker Detlevs Fortgang dort Besitz genommen hatten.

Nur mit Mühe brachte Herr Hennicke sein Pferd zum Stehen; dann rief er: »Heilwig! Heilwig!« nach dem Hause zu. Und als sie kam und zögernd näher trat, ergriff er ihre Hand und zog das erschreckte Mädchen hart bis an die Hufen seines unruhig stampfenden Pferdes. Seine schwarzen Augen glänzten in dem von Wein und wilden Hoffnungen geröteten Antlitz, und während sie wie betäubt zu ihm emporsah, überschüttete er sie mit dunkeln und verworrenen Andeutungen seiner Zukunftsträume. »Geduld nur, Heilwig!« rief er. »Nicht mehr im Unterbau; da droben in den großen Stuben sollst du wohnen: die Toten kommen nicht wieder; aber die dummen Bilder sollen fort; ich will die begrabenen Augen nicht mehr um mich haben!« Dann plötzlich riß er das Pferd herum und jagte fort, so wie er eben erst gekommen war.

Eine Weile starrte ihm das schlanke Mädchen nach; dann floh sie ins Haus zurück und warf sich weinend zu den Füßen der halb blinden Greisin. Nur eines aus den wüsten Reden ihres Paten hatte sie herausgehört; ihr war, als habe er ihr Junker Detlevs Tod verkünden wollen.

Aber die Großmutter strich ihr die schwarzen Löckchen von der Stirn. »Sei ruhig, Heilwig«, sprach sie; »der Stieglitz hat noch nicht gesungen!«

Und als Heilwig meinte: »Großmutter, hier singen keine Vögel mehr; die schwarzen Krähen haben sie alle ja zerrissen«, da erhob die Greisin ihren Finger, als wolle sie oben nach dem Saale weisen: »Den einen nicht, Heilwig, den einen nicht: das ist kein Futter für die Krähen!«

Nicht lange danach, an einem Sonntagnachmittage, als eben Frau Benedikte ein selbstgebrautes Kräutertränklein zum Kühlen in das offene Fenster stellte, ist auf dem Hofe dort ein Reiter von einer Schecken abgestiegen. Er ist noch jung gewesen, aber in einer Tracht, wie man sie einige Jahre früher, da die Pariser Moden noch nicht die Herrschaft gewonnen hatten, in Hamburg oder Lübeck an den vornehmeren Kaufherren hatte sehen können, die aber auswärts in den deutschen Handelsplätzen auch derzeit noch im Schwange sein mochte. Der volle blonde Bart floß lang herab auf einen dunkeln, mit Marderpelz verbrämten Mantel, an welchem das

Halstuch von weißem Leinen mit goldener Spange festgeheftet war; dagegen erschien unter dem breiten Rand des Hutes das Haupthaar so kurz geschoren, wie es nur immer Frau Benedikte einst dem kleinen Junker Detlev zugedacht haben mochte.

Als er sein Pferd einem herbeigerufenen Jungen übergeben hatte und nun die Freitreppe zum Hause hinaufschritt, wurden in einem Leibgurt unter seinem Mantel ein paar Pistolen sichtbar, deren Schlösser nach der neuesten Erfindung und außer dem von besonders kunstvoller Arbeit zu sein schienen.

In höflichen, aber knappen Worten frug er die auf dem Flur ihm entgegentretende Schloßfrau nach ihrem Eheherrn und wurde von dieser, während ihre Augen eine behende Musterung an ihm vollzogen, in das Oberhaus hinaufgewiesen.

Droben, in einem sonst nicht benutzten Zimmer, saß Herr Hennicke schon seit dem frühen Morgen rechnend und vergleichend über den alten Papieren von Eekenhof; in der einen Hand die Feder, in der anderen den großen seltsam geformten Doppelschlüssel, der dort alle Türen öffnete und schloß. Eben stützte er den Kopf, um von der ungewohnten Arbeit auszuruhen, und starrte mit heiterem Antlitz in den öden Raum, der außer ein paar wurmstichigen Archivschränken keine Ausstattung an den getünchten Wänden aufzuweisen hatte. In seinen Gedanken mochte er zwei Gräber vor sich sehen; auf dem schweren Leichenstein des einen eine hagere Frauengestalt mit fest geschlossenen Händen und darüber den Namen »Benedikte« eingemeißelt; das andere ohne Namen, fern überm Ozean, unfindbar von fremdem Kraut und Ranken überwuchert. Da pochte es an die Tür, und als er, auffahrend, das Willkommenswort gerufen hatte, trat der Fremde zu ihm ein.

Frau Benedikte war unten an dem Treppenaufgang stehen geblieben; aber sie mühte sich vergebens, zu erhorchen, was droben hinter der dicht verschlossenen Tür verhandelt wurde. Einmal freilich war ein Geräusch, als würde ein schwerer Stuhl erschüttert, wie wenn etwa die Lehne von unsicherer Hand umklammert würde. Danach aber vernahm sie nur den ruhigen Laut einer jungen Stimme, welcher die düstere ihres Eheherrn zu antworten schien. Schon war sie des vergeblichen Horchens müde, da wurde droben die Tür geöffnet, und sie hörte den jungen Kaufherrn, während er hinaustrat, sagen: »Prüfet nur, Ihr werdet alle Schriften und Sigille richtig finden; vor allem aber denket, wenn ich morgen wiederkehre, daß Ihr mit keinem Fremden unterhandeln sollt!«

Ein Hustenanfall, den sie vergebens zu ersticken suchte, trieb Frau Benedikte von ihrem Posten; der Reiter aber, der schon gegen die Treppe zugeschnitten war, zu welcher der Hausherr ihn nicht geleitet hatte, ging jetzt rasch hinab und unten über den Hausflur nach dem Hof hinaus. Als ein Windhauch seinen Mantel blähte, waren darunter in dem Leibgurt die kostbaren Pistolen nicht mehr sichtbar; irgend etwas, sei es ein bestehendes Verhältnis oder ein einst Geschehenes, mochte ihn veranlaßt haben, dieselben bei seiner Verhandlung mit dem Gutsherrn abzulegen und auch später nebst gewissen Schriften dort zu lassen. Seine Gedanken wie sein Pfad führten ihn nach einem alten einsamen Hause; vielleicht auch, daß er nach den eben verlaufenen Kriegszeiten die dort wohnenden Frauen zu erschrecken fürchtete, wenn er in Waffen zu ihnen einträte.

Herr Hennicke aber in seinem Archivzimmer sah noch mit stumpfen Blicken auf die zurückgelassenen Papiere, als sich von draußen die Stiege herauf Frau Benediktes Hüsteln hören ließ. Sie hatte vom Fenster aus dem Fremden nachgespäht, sie hatte ihn im Hofe sein scheckiges Roß besteigen und dann durch das Torhaus auf die Heerstraße hinausreiten sehen; aber des Mannes Antlitz und Gewandung war ihr unbekannt geblieben. Nun trat sie atemlos zu ihrem Eheherrn in die Stube. »Rechnest du noch immer um dein neues Erbgut?« frug sie scharf.

Er stieß ein Lachen aus. »Was willst du?« entgegnete er kurz.

»Du hattest Besuch«, sprach sie; »sag doch, wer war's denn?«

Herr Hennicke sah sie mit düsteren Augen an. »Geh«, sagte er, »ich brauch hier keine Weiberzungen.«

Aber sie forschte weiter: »War's etwa einer von den Lübischen Stadtjunkern, bei denen du in der Kreide stehst? Mach dir auf meine Gülten keine Rechnung!«

Herr Hennicke war aufgesprungen und tat einen dröhnenden Faustschlag auf den Tisch. »Ein Stadtjunker, Frau Benedikte? Beim Teufel, ich gäbe dich mitsamt deinem Hof darum, so es einer von dem Krämervolk gewesen wäre. Da lies!« rief er und schob ihr eines der Papiere zu. »Du sollst auch deine Freude haben!«

Und Frau Benedikte nahm es und durchwanderte Zeil um Zeile mit ihren nackten Augen; dann, als sie ausgelesen hatte, legte sie es auf den Tisch und sagte: »Du wirst ein Lump, Herr Hennicke, aber nicht der erste, der aus seines Weibes Hand gefüttert wurde.«

Einige Augenblicke war es totenstill im Zimmer. Als aber Frau Benedikte den Blick auf ihres Eheherrn Antlitz wandte, tat sie einen gellen Schrei und streckte jählings die Hände über ihren Kopf, als gälte es, sich vor Mord zu schützen. Und doch hatte Herr Hennicke kein Glied gerührt; ja, seine Arme hingen wie gelähmt an seinem Leibe; es waren nur die Augen, vor denen sich das Weib erschrocken hatte, worin es wie aus einem Abgrund aufgestiegen war.

»Was schreist du?« sagte er; aber es war, als wollten die Worte aus dem trockenen Halse nicht heraus. »Lies noch einmal, so wirst du sehen, daß die Schrift gefälscht ist! Ich habe den Betrüger fortgejagt; er wird sich hüten, zum zweiten Mal zu kommen.«

Frau Benedikte aber las nicht wieder; sie sah Herrn Hennicke mit ihren kleinen Augen an, als ob sie ihm bis auf den Grund der Seele bohren wolle; dann, ihr schweres Schlüsselbund vom Gürtel nestelnd, ging sie schweigend aus dem Zimmer.

Draußen lag noch derselbe Sommertag auf Wald und Wiesen; doch neigte sich die Sonne schon allmählich, und auf Eekenhof streckten sich die Schatten der beiden Treppengiebel schon bis auf die andere Uferseite des Ringgrabens; die mächtigen Eichen aber leuchteten noch bis zur Wurzel im warmen Sonnengold.

An einem Mauerringe des Hauses stand mit gesenktem Kopf die Schecke des blonden Reiters angebunden, und eben trat er selber aus der Tür und mit ihm die jungfräuliche Gestalt Heilwigs. Der Reiter löste sein Pferd von dem Ringe; dann, je zu einer Seite es am Zügel fassend, schritten beide mit dem ruhig folgenden Tiere über die Zugbrücke, um es in einer der jenseits stehenden Scheuern unterzubringen. Schweigend gingen die schönen jungen Menschen nebeneinander; aber das Antlitz des Mädchens war von Freude gerötet, und in ihren Augen war ein stiller Glanz; wie eine Braut nach dem erharrten Bräutigam blickte sie mitunter über den Bug des Pferdes nach dem Reiter hin.

Als sie dieses in dem verfallenen Gebäude untergebracht hatten und wieder in das Freie traten, lag ein schweres Sinnen auf der Stirn des jungen Reiters. »Nein, Heilwig«, sprach er zu dem Mädchen, das sorgend zu ihm aufblickte; »es ist nicht um meines Erbes willen; ich trag ernste Kunde für uns beide.«

Und da sie leicht zusammenbebte, setzte er hinzu: »Wir wollen nach unseren Kinderplätzen, Heilwig; erschrick nur nicht: meine Hand soll dich um so fester halten!«

Sie gingen um den Ringgraben, dem Hecktore des Waldes zu, und waren in dessen Schatten bald verschwunden.

– – Über eine Stunde ist dann wohl vergangen, und der Eekenhof hat wie verzaubert einsam dagelegen. Leise breiteten sich die Schatten aus und verbleichte das Licht des Himmels.

Und als im letzten Abendschein die beiden jugendlichen Gestalten aus dem Dunkel des Waldes wieder aufgetaucht, da ist das Mädchen mit den schwarzen Flechten blaß wie eine Lilie gewesen, und die blauen Augen haben weit offen und von Tränen voll gestanden. Mit gesenktem Haupte ging sie neben ihrem ernst blickenden Genossen. »Und ist es denn ganz, ganz gewißlich wahr?« frug sie leise.

Der junge Reiter hatte ihre Hand gefaßt, als ob er sie daran halten müsse. »Dem reichen Kaufherrn«, sprach er, »der unerkannt seines Vaters und Geschlechts Geschicken nachforschte, ist nichts verschwiegen worden.«

Stumm schritten sie über die Zugbrücke dem Hause zu; da sprach er wieder: »Es ist spät, und wir müssen den kargen Schlaf des Alters schonen; morgen, des bin ich sicher, wird da drinnen die alte Frau es uns bestätigen.«

Sie neigte ihr Haupt noch tiefer, und wie in Demut zog sie seine Hand an ihren Mund. »Mein Bruder!« sprach sie; es kam nur wie ein Hauch von ihren Lippen.

In der Kammer oben neben dem Rittersaal, an deren Wänden einst sein erster Schrei und seiner Mutter letzter Hauch erloschen war, hatte man zur Nacht dem Gast die Lagerstatt bereitet. Aber sie blieb unberührt; im offenen Fenster lehnte er und blickte über die Waldblöße hinaus, die sich unten jenseits des Ringgrabens ausdehnte. Es war eine jener lichtgrauen, schwülen Sommernächte; nichts rührte sich draußen, weder das Schleichen eines Nachttieres noch das Flattern eines Vogels; dann aber rauschte es plötzlich wie aufatmend durch die Wipfel, und hinter ihm im Hause war es, als ob unsichtbare Hände an allen Klinken rührten. Die Nachtkerze, welche man ihm mitgegeben hatte, flackerte und erlosch; zugleich sprang die Tür auf, welche durch eine Reihe anderer Kammern nach dem oberen Flur hinausführte. Er trat zurück und spähte in die leeren Räume nebenan; dann zog er die offene Tür ins Schloß und drehte wie unwillkürlich von innen den rostigen Schlüssel um.

Wieder sank die schwüle Stille auf Haus und Wald, und wieder lehnte er halb wach, halb träumend in dem offenen Fenster. Schon seit langem hatte es von der Glocke aus dem Giebel zwölf geschlagen: nun war nichts hörbar als oben von dem Uhrboden her das einförmige Klirren der Eisenräder und das Rucken der Ketten, an denen die Gewichte hingen. Da endlich scholl wieder ein dröhnender Glockenschlag in das Haus hinunter; der Junker wandte sich vom Fenster ab und lauschte. Es folgte kein weiterer Schlag, es hatte eins geschlagen. Aber nebenan im Rittersaale rauschte es wie von

Frauenkleidern, und jetzt deutlich hörte er »Detlev! Detlev!« wie mit angsterstickter Stimme seinen Namen rufen.

Als er die Tür zum Saale aufriß, erblickte er bei dem Nachtschimmer, der durch die Fenster drang, eine weiße Frauengestalt, welche beide Arme ihm entgegenstreckte.

Einen Augenblick nur stutzte er; dann trat er rasch auf die Erscheinung zu. »Du, Heilwig!« rief er, als eine warme Hand die seine faßte. »Was ist dir? Was hat dich nachts hier nach dem öden Saal hinaufgetrieben?«

Sie blickte ängstlich um sich her. »Die Uhr schlug so fürchterlich; ich wollte zu dir; mir war, als droh dir Unheil hier im Hause!«

Er stützte sie sanft in seinen Armen. »Du träumst, Heilwig!« sagte er, »was sollte mir in meiner Mutter Haus geschehen?«

– »Ich weiß nicht, Detlev; aber laß mich bei dir bleiben; die Sommernacht geht ja bald herum.«

»Nicht nur die Sommernacht: bleib immer bei mir, Heilwig!«

– »Ja, immer, wenn du es willst.«

Sie führte ihn zu einem der alten Sessel, der noch wie einstens, da sie als Kinder ihn gemeinschaftlich dorthin getragen hatten, vor dem Bildnis seiner Mutter stand; er sollte nach seiner Reise jetzt der Ruhe pflegen. Als er ihr den Willen getan hatte, zog sie eine Fußbank darunter vor und setzte sich zu seinen Knien, den Kopf in seine beiden Hände legend. Und als er dann im Schlummer sanft zu atmen schien, sprach sie wie aus Träumen vor sich hin: »Mein Bruder! Mein lieber Bruder!«

Aber er hatte nicht geschlafen; er neigte sich zu ihr herab und flüsterte: »Mein traut Geschwister!«

Dann wieder hob sie den Kopf ein wenig aus des Bruders Hand. »Wie seltsam, Detlev«, sprach sie leise; »es ist doch dunkel; aber ich sehe deutlich deiner Mutter Bildnis: sie blickt uns freundlich an!«

»Ja, Heilwig; sehr freundlich.«

Und dann schwiegen sie. Sie wären fast entschlummert; da horchte Heilwig auf: »Was war das, Detlev?«

– »Ich hörte nichts.«

»Doch! Da ist es wieder; hörst du nicht? Da drinnen riß es an der Kammertür!«

Der Junker hatte sich aufgerichtet. »Die Tür ist verschlossen«, sagte er.

Es war wieder alles still geworden; sie hörten nichts mehr; es mochte nur der Wind gewesen sein. Heilwig legte wieder das Haupt in ihres Bruders Hände; dann schwiegen beide, ein plötzlicher Schlummer hatte sie befangen.

Aber die Nacht war noch nicht herum, und es schlief nicht alles in diesem Hause. Wäre sonst ein Ohr noch wach gewesen, es hätte draußen im Flur das leise Öffnen der Tür zur Winterstube vernehmen müssen; dann ebenso leise unsichere Schritte durch dieselbe bis zur Tür des Saales selbst.

Unhörbar tat sich diese auf, und wie vorsichtig gegen die Kammertür hinschreitend, näherte es sich den Schlafenden. Doch erreichte es dieselben nicht; ein dumpfer Schrei, wie aus der Brust eines entsetzten Tieres, durchbrach die Stille der Nacht.

Heilwig war jäh emporgefahren, als müsse sie mit ihrem Leibe den des Bruders decken; aber es war nicht mehr von nöten; sie sah nur noch eine taumelnde Gestalt mit beiden Armen um sich greifen und dann in schwerem Fall zu Boden stürzen. Zugleich erscholl ein Klirren, als würde eine Waffe über den Fußboden bis zu ihren Füßen fortgeschleudert.

Heilwig hielt mit beiden Armen des Junkers Hals umklammert. »Detlev! Detlev!« raunte sie ihm zu. Er aber antwortete nicht; er hatte sich gebückt, und seine Hand griff suchend auf dem Fußboden umher. Als er die Waffe erfaßt hatte, die unter ihrem Sessel lag, und seine Finger an dem Schlosse rührten, zuckte er zusammen, und es schüttelte ihn wie Fieberfrost. Zugleich aber sprang er auf, und, den Arm fest um sie legend, riß er Heilwig mit sich in die Kammer und weiter, nachdem er hastig aufgeschlossen, durch die Reihe der übrigen Kammern auf den Flur hinaus und hinab die Wendelstiege.

»Wer war das?« rief sie, als beide atemlos im Unterhause angekommen waren. »Der wollte dich töten, Detlev!«

»Ich weiß nicht; frag mich nicht, Heilwig; ich will jetzt nur eines wissen! – Aber meiner Mutter Erbe werde ich nimmermehr verlangen.«

Er zog das Mädchen wieder mit sich fort, bis in die Schlafkammer der Großmutter, bis an das Bett der schlummernden Greisin.

Sie hörten es nicht, wie draußen über der Zugbrücke eilige Schritte laut wurden, und sahen nicht die fliehende Gestalt, die jenseits derselben unter dem Schatten der Eichen in die Nacht verschwand.

Herr Hennicke hatte recht behalten; der blonde Reiter ist nicht wieder auf den Hof gekommen, so emsig auch Frau Benedikte nach ihm ausgesehen. Mit ersterem selber aber mußte Seltsames geschehen sein; denn als, wie hergebracht, die Hausmagd mit der Morgensuppe an sein Bette kam, lag dort ein eisgrauer Mann mit eingesunkenem Antlitz; als sie aber mit Geschrei von dannen stürzen wollte, war es die Stimme ihres Herrn, welche die Närrin erst zurückrief und sie dann samt ihrer Suppe zu allen Teufeln schickte.

Er hat aber wochenlang in der dumpfen Kammer fortgesessen, bis eines Morgens drüben aus dem Dorf zu Eekenhof das Turmgeläute hell herüberwehte, das man des dazwischen liegenden Waldes wegen nur selten hat vernehmen können. Da hat er aufgehorcht und den eben eintretenden Vogt gefragt, wer denn begraben würde. Als dieser ihm berichtet, es sei die alte Förstersfrau vom Eekenhof, hat er sich arg erbost, daß man ihm nichts davon vermeldet, dann aber plötzlich nur den Namen »Heilwig« ausgestoßen und befohlen, ihm sein Pferd zu satteln. Er ist jedoch nicht fortgeritten; der Hofjunge hat stundenlang das aufgezäumte Tier im Hofe umhergeführt, bis es endlich wieder abgesattelt werden mußte. Und ebenso erging es am anderen und am dritten Morgen.

Danach aber eines Tages sah der Kätner Forthmann, welcher eine blanke Kuh am Seile führte, eine greise Reitergestalt über die Zugbrücke nach dem Eekenhof hinaufjagen und dort am Hause von dem Pferde steigen.

Der Kätner schüttelte den Kopf; er konnte sich nicht denken, was der Mann dort suche, denn es wohnte niemand mehr darin; seine Grete war zu dreien Malen mit der Morgenmilch ans Haus gekommen; aber immer hatte sie vergebens an die ringsum verschlossenen Türen gepocht.

Auch jetzt ist nichts Lebendiges zu spüren gewesen; selbst die schwarzen Krähen mußten auf Atzung fortgeflogen sein.

Der Reiter aber hatte mit einem schweren Doppelschlüssel die Haupttüre aufgeschlossen. Vom Flur aus hat er die Räume des Unterbaus durchwandert; aber es ist nichts darin gewesen als nur das stumme Gerät, das einst den beiden Frauen zu ihrem einsamen Leben diente. Als er auf den Flur zurückgekehrt war, ist er vor der Treppe still gestanden, als müsse er auch hier die Stiegen noch hinauf; er hat aber nur den Fuß auf die unterste Stufe gesetzt und mit heiserer Stimme einen Namen in das Oberhaus hineingerufen. Als ihm von dorther nur ein dumpfer Hall zurückgekommen, hat er, wie von jäher Furcht befallen, das Haus verlassen und ist vom Hofe fortgeritten; aber immer langsamer ist das Pferd gegangen, und immer zusammengesunkener ist die darauf sitzende Gestalt erschienen.

Das alte Haus innerhalb des Ringgrabens lag wieder in seiner stillen Abgeschiedenheit; nur die Krähen, als es Abend wurde, kehrten zurück und lärmten eine Zeitlang, bevor sie sich zum Schlafe in die Eichenwipfel setzten.

Herrn Hennickes Wünsche hatten sich erfüllt: der Junker Detlev war durch landgerichtlichen Spruch für tot erklärt worden; Frau Benedikte lag unter ihrem schweren Leichenstein. Aber Herr Hennicke ist ein gebrochener Mann gewesen. Die beiden Füchse, welche sich allmählich zu ein paar breitschulterigen geizigen Hagestolzen ausgewachsen, wirtschafteten emsig auf dem einen wie dem andern Hofe; sie ackerten und ernteten und säckelten die Korngelder ein, ohne daß Herr Hennicke darein geredet hätte. Niemals hat er mehr ein Pferd bestiegen; aber in bestimmten Zwischenräumen ist er am Stabe nach Eekenhof gewandert. Das Haus hat er nie betreten; aber auf der kleinen Bank unter den Eichen hat er oft gesessen, wie erwartungsvoll das Antlitz dem Hause zugewandt, als ob dort in jedem Augenblick die Tür sich öffnen müsse. Nur wenn vom Giebel plötzlich der Schlag der Uhrglocke herabgeschollen, hat er wie erschreckt emporgeblickt; denn die Uhr schlug nach wie vor; er selber hat dem Küster aus dem Dorfe einen hohen Lohn gezahlt, daß er auf dem verfallenen Boden das Werk in stetem Gange halte. Wenn die Dorfkinder, vom Felde herkommend, hier vorüber gingen, haben sie sich schon von ferne die regungslose Greisengestalt gezeigt und heimlich untereinander flüsternd ihren Weg verfolgt, denn ein unsicheres, aber furchtbares Gerücht ist in den Bauernstuben umgelaufen: es seien die Schattenhände der toten Frau gewesen, die Herrn Hennickes Kraft gebrochen hätten.

Und so in seiner Einsamkeit ist er bis an die äußerste Grenze des Menschenlebens gelangt. Von Heilwig aber und dem blonden Reiter hat sich jede Spur verloren.

Über tredition

Eigenes Buch veröffentlichen

tredition wurde 2006 in Hamburg gegründet und hat seither mehrere tausend Buchtitel veröffentlicht. Autoren veröffentlichen in wenigen leichten Schritten gedruckte Bücher, e-Books und audio-Books. tredition hat das Ziel, die beste und fairste Veröffentlichungsmöglichkeit für Autoren zu bieten.

tredition wurde mit der Erkenntnis gegründet, dass nur etwa jedes 200. bei Verlagen eingereichte Manuskript veröffentlicht wird. Dabei hat jedes Buch seinen Markt, also seine Leser. tredition sorgt dafür, dass für jedes Buch die Leserschaft auch erreicht wird.

Im einzigartigen Literatur-Netzwerk von tredition bieten zahlreiche Literatur-Partner (das sind Lektoren, Übersetzer, Hörbuchsprecher und Illustratoren) ihre Dienstleistung an, um Manuskripte zu verbessern oder die Vielfalt zu erhöhen. Autoren vereinbaren direkt mit den Literatur-Partnern die Konditionen ihrer Zusammenarbeit und partizipieren gemeinsam am Erfolg des Buches.

Das gesamte Verlagsprogramm von tredition ist bei allen stationären Buchhandlungen und Online-Buchhändlern wie z. B. Amazon erhältlich. e-Books stehen bei den führenden Online-Portalen (z. B. iBookstore von Apple oder Kindle von Amazon) zum Verkauf.

Einfach leicht ein Buch veröffentlichen: **www.tredition.de**

Eigene Buchreihe oder eigenen Verlag gründen

Seit 2009 bietet tredition sein Verlagskonzept auch als sogenanntes "White-Label" an. Das bedeutet, dass andere Unternehmen, Institutionen und Personen risikofrei und unkompliziert selbst zum Herausgeber von Büchern und Buchreihen unter eigener Marke werden können. tredition übernimmt dabei das komplette Herstellungs- und Distributionsrisiko.

Zahlreiche Zeitschriften-, Zeitungs- und Buchverlage, Universitäten, Forschungseinrichtungen u.v.m. nutzen diese Dienstleistung von tredition, um unter eigener Marke ohne Risiko Bücher zu verlegen.

Alle Informationen im Internet: **www.tredition.de/fuer-verlage**

tredition wurde mit mehreren Innovationspreisen ausgezeichnet, u. a. mit dem Webfuture Award und dem Innovationspreis der Buch Digitale.

tredition ist Mitglied im Börsenverein des Deutschen Buchhandels.

Dieses Werk elektronisch lesen

Dieses Werk ist Teil der Gutenberg-DE Edition DVD. Diese enthält das komplette Archiv des Projekt Gutenberg-DE. Die DVD ist im Internet erhältlich auf **http://gutenbergshop.abc.de**